# Analyse de l'œuvre

Par Elena Pinaud et Margot Pépin

# Contes à l'envers

de Philippe Dumas
et Boris Moissard

lePetitLittéraire.fr

# Rendez-vous sur lepetitlitteraire.fr et découvrez :

Plus de 1200 analyses
Claires et synthétiques
Téléchargeables en 30 secondes
À imprimer chez soi

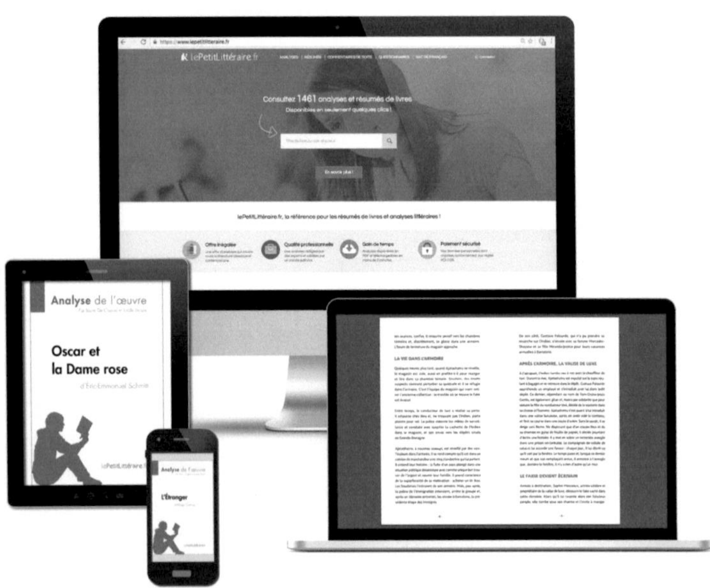

# PHILIPPE DUMAS ET BORIS MOISSARD

## ÉCRIVAINS FRANÇAIS

- **Philippe Dumas est né en 1940 à Cannes (Alpes-Maritimes)**
- **Boris Moissard est né en 1942 à Grenoble (Isère)**
- **Quelques-unes de leurs œuvres communes :**
  - *Contes à l'envers* (1977, puis 2009), recueil de contes
  - *Contes de la tête en plein ciel* (1996), recueil de contes
  - *On ne s'en fait pas à Paris. Un demi-siècle d'édition à l'école des loisirs* (2015), récit historique

Philippe Dumas (qui illustre ce recueil) et Boris Moissard (pseudonyme de Jean-Jacques Ably) se sont lancés avec beaucoup de succès dans la littérature de jeunesse. Étant de très bons amis depuis l'enfance, ils se sont essayés à l'écriture à quatre mains et ont publié ensemble plusieurs ouvrages parmi lesquels *Contes à l'envers*, *Contes de la tête en plein ciel* et *Les Aventures du vantard : histoires digestives* (2008).

Qu'elles s'adressent aux tout-petits ou aux plus grands, leurs histoires mettent en scène des héros qui ressemblent à leur public. Ce sont des filles et des garçons qui découvrent, explorent et apprivoisent le monde extérieur, ainsi que leur univers intérieur.

# *CONTES À L'ENVERS*

## DES CONTES CLASSIQUES REVISITÉS

- **Genre :** conte
- **Édition de référence :** *Contes à l'envers*, Paris, L'École des loisirs, coll. « Neuf », 2009, 136 p. (Édition augmentée du conte « Le Pommier de Pomanchou »)
- **1re édition :** 1977
- **Thématiques :** contes revisités et actualisés, merveilleux, fées, princesses, princes charmants, identification, morale

*Les Contes à l'envers* sont une réécriture de contes classiques qui, provenant de la tradition orale, circulent depuis des siècles et, pour certains, ont été mis par écrit par Charles Perrault (écrivain français, 1628-1703) ou les frères Jacob et Wilhelm Grimm (écrivains et philologues allemands, 1785-1863 et 1786-1859).

Dans ce recueil, Dumas et Moissard jouent avec des contes traditionnels qu'ils ancrent dans le monde contemporain – c'est ainsi que le Petit Chaperon rouge, devenu grand-mère, vit à Paris, dans le 13e arrondissement. Mais leurs récits ont ceci en commun avec les contes classiques qu'ils transmettent aussi une leçon de vie, une histoire pittoresque ou une morale générale et atemporelle. Le langage vif et oral, mais surtout l'humour et le regard que les auteurs portent sur la société les rendent attractifs à tout âge.

## « LA BELLE HISTOIRE DE BLANCHE-NEIGE »

Dans un monde dominé par les femmes, la Présidente, dirigeante autoritaire, interroge les sondages : « Suis-je la personne la plus intelligente du pays ? » (p. 10) Les sondages lui répondent « Oui » à 87 %, jusqu'à ce qu'un jour, le résultat diffère : elle apprend que le pays compte une citoyenne aussi intelligente qu'elle, et qui, en plus, est belle : Blanche-Neige.

Furieuse, elle ordonne à un « bon à tout faire » (p. 11) du palais, M. Lecœur, de tuer sa rivale. Mais ce dernier, charmé par la douce Blanche-Neige, ne peut se résigner à l'éliminer et lui permet de s'enfuir. Il achète « un cœur de veau » (p. 15) à la boucherie et le rapporte à la Présidente, en le faisant passer pour celui de la jeune femme.

Pendant ce temps-là, Blanche-Neige a fui dans une proche forêt et parvient à une maisonnette dans laquelle elle se réfugie. Lorsque les habitants de la chaumière – un groupe d'hommes ayant choisi de fuir la société pour éviter « la dictature des femmes » (p. 19) – rentrent chez eux, ils sont séduits par celle qui devient dès lors « le chef des brigands de la forêt » (p. 18).

Quand elle apprend que Blanche-Neige est encore en vie, la Présidente fait exécuter le malheureux M. Lecœur et se rend dans la forêt, déguisée en bucheronne, pour offrir une pomme empoisonnée à la jeune femme qui, après l'avoir croquée, tombe dans un profond sommeil. Les hommes de la forêt, accablés de chagrin et indignés, prennent les armes et déclenchent une guerre civile dans le pays. Les maris opprimés et les hommes exploités par la société rejoignent leurs rangs et, bientôt, prennent le pouvoir. La Présidente doit fuir en Amérique du Sud.

Le corps de Blanche-Neige endormie est exposé au centre de la capitale, jusqu'au jour où un très beau jeune homme la réveille d'un baiser. Leur mariage est célébré dans tout le pays et scelle la réconciliation des hommes et des femmes qui, depuis, vivent dans une entente, une égalité et un bonheur parfaits.

## « LE PETIT CHAPERON BLEU MARINE »

Lorette est une enfant surnommée « Le Petit Chaperon bleu marine » en raison de la couleur de son *duffelcoat*. Elle est la petite-fille du célèbre Petit Chaperon rouge, qui est aujourd'hui devenu une « gentille vieille dame » (p. 26) et vit à Paris.

« Très envieuse de la réputation de sa grand-mère » (p. 29), Lorette veut se forger un nom à son tour. Elle saisit donc l'occasion qui se présente à elle le jour où sa mère l'envoie apporter des pelotes de laine à sa grand-mère : elle se rend alors à la ménagerie du jardin des Plantes, se dirige vers la cage du loup et lui propose de le libérer afin de faire la course jusque-là.

Le loup, « arrière-petit-neveu » (p. 31) de l'animal qui a mangé la grand-mère du Petit Chaperon rouge, ne souhaite pas finir comme son aïeul. Il accepte de sortir, non pas pour se rendre chez la vieille dame, mais plutôt pour retrouver sa liberté et fuir vers la Sibérie, sa terre natale.

Dans le même temps, pensant que le loup filera droit chez sa grand-mère pour la dévorer, la jeune fille poursuit tranquillement son chemin. Elle trouve finalement « l'ex-Chaperon rouge » (p. 27) dans son lit et la prend pour le loup dont, dès lors, les talents d'« imitateur » (p. 35) l'impressionnent. Armée d'un « grand couteau de cuisine » (*ibid.*), Lorette entreprend de forcer sa grand-mère à se rendre jusqu'au jardin des Plantes et à entrer dans la cage du prédateur. Les protestations de la vieille dame ne convainquent pas ni n'adoucissent l'ambitieuse enfant, qui persiste dans son erreur, « alert[ant] les gardiens, disant que le loup [vient] de lui manger sa Mémé » (p. 36). Heureusement, ceux-ci libèrent la vieille dame.

La nouvelle de cet incident – et du sort fait à cette innocente grand-mère – se répand dans toute la France et secoue le pays d'une vague de « consternation et [de] colère » (p. 38), ce qui « réjouit secrètement » (p. 39) le Petit Chaperon bleu marine, devenu célèbre ainsi qu'elle le souhaitait. De son côté, le loup mène maintenant une vie paisible parmi les siens, qu'il divertit en leur contant les histoires du Petit Chaperon rouge et du Petit Chaperon bleu marine.

## « LE DON DE LA FÉE MIROBOLA »

M^me Mirobola est « une de ces fées modernes et confidentielles [qui] travaillent incognito » de nos jours (p. 44). Elle vit à Paris et a pour voisin M. Crocheux, un « homme terrible » (p. 45) qui a la garde de Jean-François, son neveu orphelin. Le jeune homme, battu et maltraité par son oncle, confie son triste sort à M^me Mirobola. Touchée par son histoire, celle-ci lui fait un don : chaque larme qui sortira de ses yeux se transformera en une pièce de 50 centimes.

M. Crocheux, voyant de l'argent sortir des yeux de son neveu lorsqu'il le martyrise, se met à le battre encore plus fort afin de s'enrichir. La fée Mirobola décide alors de modifier son sort : désormais, des cigarettes tomberont des yeux de Jean-François lorsqu'il pleurera, et de l'argent sortira de sa bouche lorsqu'il sourira.

Grand fumeur, M. Crocheux finit par tomber malade à force de fumer toutes ces cigarettes. Affaibli par sa maladie, il fait une chute, ce qui déclenche le rire de Jean-François et fait sortir un billet de 100 francs de sa bouche. À partir de ce moment, M. Crocheux commence à déployer une panoplie de moyens pour provoquer le rire de son neveu. À la longue, il se métamorphose, devient un autre homme, à la fois charmant et amusant, et finit par épouser la fée Mirobola.

## « LA BELLE AU DOIGT BRUYANT »

Dans la ville de Barentin est née Louise. Le jour de son baptême, sa tante Élisabeth jette un mauvais sort à sa nièce pour se venger de ne pas avoir été invitée à la fête : elle annonce qu'un jour, la jeune fille se piquera et tombera dans un sommeil éternel. Toutefois, un cousin « qui s'y connaî[t] en magie » (p. 71) lance au bébé un « contre-charme » (p. 72) destiné à adoucir le mauvais sort.

Malgré les précautions prises par la famille, qui évite « tout ce qui de près ou de loin [ressemble à] une aiguille » (*ibid.*), Louise, devenue adolescente, se pique avec la pointe de lecture d'un tourne-disque en voulant écouter de la musique chez une amie. Elle commence alors à danser sans pouvoir s'arrêter, bientôt rejointe par toute la rue : tous se mettent à valser et à chanter, provoquant « un vacarme infernal » (p. 76).

À Barentin, les plus hautes autorités de l'État, craignant que cette épidémie ne se propage, mettent la rue en quarantaine et décident de la raser « après élimination physique des occupants » (p. 78).

Clément, un jeune homme de Rouen que sa mère surnomme « petit prince » (p. 67) depuis son enfance, cherche depuis longtemps à accomplir son devoir de prince charmant. Lorsqu'il entend parler de cette rue dansante ensorcelée, il se rend immédiatement à Barentin et se joint à la danse avec succès. Le baiser qu'il échange avec Louise rompt le sortilège, et tout revient à la normale. Louise et Clément se marient et ont des enfants... très calmes !

## « CONTE À REBOURS »

Dans le royaume de la Boursoulavie, François Luné, un pauvre et solitaire gardien de nuit, souffre d'une « inversion ambulatoire opiniâtre » (p. 84) : il marche à reculons. François a 30 ans lorsque le tout-puissant roi Livarot IX et sa femme, la reine Aubergine, donnent naissance à une petite fille nommée Chouette. Cette dernière présente la même particularité que le gardien de nuit, ce qui plonge ses parents et le royaume tout entier dans la désolation.

Après avoir essayé d'innombrables médecins et traitements, le roi décide finalement de promulguer une loi obligeant tous les citoyens à marcher à reculons « sous peine d'être pendus » (p. 91). Cela crée une « belle pagaille » (*ibid.*) dans le pays, et de très nombreux sujets sont exécutés. Un jour, le roi aperçoit François et remarque sa technique parfaite pour marcher à l'envers. Il le nomme alors Premier ministre et lui offre Chouette en mariage, malgré le fait que celle-ci ne soit âgée que de deux ans.

Une quinzaine d'années plus tard, le monarque meurt. François devient alors le nouveau roi, et Chouette donne naissance à un fils appelé Vociféro. Ce dernier fait bientôt ses premiers pas… sur les mains ! Une nouvelle loi est aussitôt édictée, obligeant les habitants de la Boursoulavie à se promener eux aussi la tête en bas. Depuis, le royaume « fournit en gymnastes, équilibristes, funambules et acrobates la quasi-totalité des chapiteaux d'Europe » (p. 103).

## « LE POMMIER DE POMANCHOU »

L'un après l'autre, les trois fils d'une veuve d'un royaume « pauvre, pluvieux, […] boueux, […] plein de marécages [et] infesté de moustiques » (p. 105) décident de répondre à l'appel lancé par le roi pour sauver sa fille malade : pour la guérir, il leur faudra rapporter trois pommes du pommier de Pomanchou et les lui donner à manger. Cet arbre se trouve en France ; ses « pommes sont aussi grosses que des choux et possèdent des vertus curatives radicales » (p. 106) qui sauveront la princesse. Alors, seulement, ils pourront l'épouser.

Les trois fils se rendent en France pour accomplir leur mission. Le premier et le deuxième échouent, car, sur le chemin du retour, ils s'arrêtent au bar situé face au palais pour boire une bière. Là, ils insultent une vieille ivrogne après qu'elle leur a demandé ce qu'ils transportaient dans leur sac. Or celle-ci est en réalité une fée, qui aussitôt leur jette un mauvais sort : alors, sous les yeux du roi, leurs pommes se transforment en crapauds et en serpents, et le souverain ordonne qu'ils soient tués.

Le troisième fils tente à son tour sa chance et suit le même parcours que ses frères. Il fait également une halte dans le bistrot pour y boire un verre d'eau avant de se rendre au palais. Mais lorsque la fée lui demande ce que contient son sac, il lui répond poliment et lui offre sa montre. Dès lors, reconnaissante, celle-ci prévient le jeune homme que le roi lui « infliger[a] une épreuve » (p. 123) avant de lui donner sa fille. Et pour garantir son triomphe, elle lui offre des objets magiques. Arrivé au palais, le jeune frère guérit la princesse à l'aide des trois pommes, puis, lorsque le roi lui demande ce qu'il sait faire, utilise les objets magiques donnés par la fée :

- une bombe aérosol, avec laquelle il tue les moustiques qui envahissaient le palais ;
- des chandelles qui intensifient le feu brulant dans la cheminée et chassent l'humidité ambiante ;
- un anneau, qui le transforme en un très bel homme.

Émerveillé, le roi lui offre la main de sa fille. Le royaume cesse d'être insalubre et devient même un joli pays, prospère grâce au tourisme.

# ÉTUDE DES PERSONNAGES

## LES HÉROÏNES

Dans leurs *Contes à l'envers*, Philippe Dumas et Boris Moissard jouent avec les codes du conte merveilleux, qu'ils s'amusent à détourner. Ainsi, sous leur plume, les princesses – personnages typiques des contes de fées traditionnels –, sont parfois issues du peuple : Louise, la Belle au doigt bruyant, vient d'une famille de Barentin, non loin de Rouen ; Blanche-Neige est quant à elle une simple citoyenne de la République. Les héroïnes du « Conte à rebours » et du « Pommier de Pomanchou » sont en revanche de vraies princesses, que leurs parents cherchent à marier à un prince charmant.

Quelles que soient leurs origines, ces jeunes femmes – le Petit Chaperon bleu marine fait ici exception – ont pour point commun d'être en proie à un mal dont seul quelque prince pourra les délivrer :

- Blanche-Neige, ensorcelée par une pomme empoisonnée, est réveillée par le baiser d'un jeune homme « sur le front » (p. 22) ;
- la Belle au doigt bruyant est libérée de sa transe frénétique, lorsque Clément lui donne « un baiser » (p. 80) ;
- Chouette, qui marche à l'envers, trouve l'amour auprès de François Luné, qui met fin à sa solitude ;
- la princesse du « Pommier de Pomanchou », très malade, est guérie par les pommes que lui apporte le plus jeune des trois frères.

Comme les princesses traditionnelles des contes de fées, les personnages féminins des *Contes à l'envers* sont remarquables par leur beauté (à l'exception, peut-être, des fées elles-mêmes et du Petit Chaperon bleu marine, dont nous n'avons aucune description physique) :

- Blanche-Neige est très « mignonne » (p. 15) ;
- Louise, la Belle au doigt bruyant est « une superbe jeune fille » (p. 72) ;
- Chouette, devenue adulte, est « une ravissante jeune reine fort bien faite » (p. 99) ;
- la princesse du « Pommier de Pomanchou », après avoir mangé les pommes rapportées par son prétendant, devient une superbe jeune femme « au mieux de sa forme, et aussi de ses formes, sous sa chemise de nuit » (p. 129).

Par ailleurs, si les auteurs présentent Blanche-Neige comme une femme ouverte et intelligente, et Louise comme une jeune fille pleine de sagesse, on ne connait pas les qualités morales des autres héroïnes : les auteurs rompent ainsi avec le manichéisme absolu des contes merveilleux traditionnels, qui présentent les princesses comme des modèles de vertu absolue. Cette rupture est d'ailleurs bien représentée par le Petit Chaperon bleu marine qui, loin d'incarner l'innocence et la bonté de l'enfance – comme sa grand-mère en son temps –, présente un caractère égoïste et frivole : de fait, Lorette n'hésite pas à sacrifier sa grand-mère pour devenir célèbre.

En définitive, les héroïnes de Dumas et Moissard, bien que stéréotypées pour répondre aux exigences du genre, ont un caractère plus nuancé et réaliste que les figures de princesses dont elles sont inspirées. En renouvelant ainsi les héroïnes des contes merveilleux, les auteurs remettent au gout du jour l'imaginaire traditionnel et permettent peut-être à leurs jeunes lecteurs de s'identifier davantage à leurs personnages.

## LES HÉROS

S'ils incarnent à leur manière la figure du prince charmant, les héros sont ici des gens ordinaires, issus de milieux modestes :

- Jean-François est un orphelin qui vit avec son oncle au-dessus d'un pressing ;
- Clément n'a de princier que le surnom que lui donne sa mère (« un vrai petit prince », p. 67) ;
- François Luné est gardien de nuit ;
- les trois frères du « Pommier de Pomanchou » sont les « fils chômeurs » (p. 110) d'une « pauvre veuve [exerçant] le dur métier de femme de ménage » (*ibid.*).

Toutefois, à l'instar des personnages de contes tradition-nels, ces protagonistes doivent surmonter des épreuves pour pouvoir conquérir le cœur des princesses, mais aussi pour accéder à un statut social supérieur et s'élever ainsi au rang de véritable prince charmant :

- des tests d'intelligence, de ruse ou d'habileté, comme dans « Le Pommier de Pomanchou » ou dans « Conte à rebours » ;
- l'épreuve du baiser, comme dans les histoires de Blanche-Neige et de Louise, la Belle au doigt bruyant ;

- l'épreuve du voyage et des obstacles à franchir pour le héros du « Pommier de Pomanchou » et celui de « La Belle au doigt bruyant ».

Jean-François, le protagoniste du « Don de la fée Mirobola », fait exception : sa quête n'est pas celle de l'amour, mais celle du bonheur. Victime innocente d'un « bourreau d'enfant » (p. 46), comme le Petit Poucet est celle de l'ogre, il va triompher de son malheur grâce à l'aide d'une fée bienveillante.

Du point de vue physique, le prétendant de Blanche-Neige est présenté comme « très beau [et] très élégant » (p. 21), tandis que celui de la princesse du « Pommier de Pomanchou », d'abord très laid, se transforme finalement en un très beau jeune homme pour se conformer également aux traits typiques de la figure du prince charmant. Cependant, les autres protagonistes se démarquent des critères plastiques traditionnels, à l'image de François Luné, qui est « chauve, [a] le dos rond [et] la mise modeste » (p. 92).

Ici encore, les auteurs rompent donc avec le manichéisme propre au genre du conte merveilleux, en présentant des personnages plus nuancés que leurs modèles et en transposant les preux chevaliers sous les traits de jeunes hommes ordinaires qui évoluent dans un cadre contemporain. Clément représente bien cette rupture : le valeureux jeune homme porte en lui les caractéristiques de courage et de dévotion d'un prince charmant, mais fait un usage tout à fait vain de ces qualités. Il donne ainsi un baiser à un « mannequin de plâtre » (p. 69) qu'il prend pour une princesse et circule non pas sur un noble destrier, mais sur un vélo, accompagné du « fidèle Didi » (p. 77), son chien.

D'un conte à l'autre, ce détournement de la figure du prince charmant crée un décalage qui alimente la dimension comique du recueil.

## LES FÉES

Dans les contes de Dumas et Moissard, les fées s'affranchissent aussi de leur image et des leurs attributs traditionnels. De fait, leur modernité impose aux fées de se faire « le plus discrètes possible » (p. 43) : « elles ont rangé leurs belles robes et tout leur matériel de fées, et n'usent de leur pouvoir qu'en cas d'urgence et sans le moindre tourbillon de lumière. » (*ibid.*)

M^me^ Mirobola, dans « Le Don de la fée Mirobola », est « une de ces fées modernes confidentielles et camouflées » (p. 44). Elle utilise ses pouvoirs magiques pour secourir Jean-François, mais elle est loin de l'image qu'on pourrait se faire d'une fée, belle et lumineuse. Ainsi comprend-on qu'elle exerce la profession nocturne de prostituée. Par ailleurs, quand Jean-François la réveille un matin, elle a la « voix pâteuse » (p. 57) et se révèle « moins chic au saut du lit » que d'ordinaire (*ibid.*). L'illustration (*ibid.*) qui accompagne cet épisode est d'ailleurs particulièrement éloquente : en effet, Philippe Dumas y représente une femme blonde aux cheveux décoiffés, la mine défaite, assise sur son lit. À ses pieds se trouvent une bouteille d'alcool et un verre encore à moitié plein.

La fée du « Pommier de Pomanchou », quant à elle, est une « ivrognesse » (p. 113) qui compte s'acheter du vin avec la montre dont lui fait don le troisième frère. Cela ne l'empêche pas d'être une bonne fée, récompensant la vertu du héros et l'aidant dans sa quête.

Ces deux personnages sont porteurs d'une morale de tolérance. Le conte ne porte aucun jugement négatif sur ces deux femmes : au contraire, il les présente comme détenant un pouvoir extraordinaire. Toutes deux portent l'idée selon laquelle l'apparence est parfois trompeuse, comme en témoigne l'étonnement des convives du mariage qui clôt « Le Pommier de Pomanchou » à la vue de cette « vieillarde aux allures de vieille chouette [...] que le nouvel époux couvr[e] d'un maximum d'égards » (p. 134).

La tante Élisabeth (« La Belle au doigt bruyant ») représente quant à elle la figure de la fée maléfique. « Vieille parente honnie de tous, [...] rabat-joie professionnelle » (p. 70), c'est animée par la rancœur qu'elle jette un mauvais sort à Louise le jour de son baptême.

# CLÉS DE LECTURE

## DES CONTES MERVEILLEUX

Les contes sont issus de la tradition orale. Avec notamment Charles Perrault en France au XVIIe siècle, avec les frères Grimm en Allemagne au XIXe siècle, ou encore avec Hans Christian Andersen (écrivain danois, 1805-1875) au Danemark, les contes sont fixés par écrit et deviennent un genre classique dans lequel, à bien des égards, s'inscrivent les contes de Philippe Dumas et Boris Moissard.

Sous-genre du conte, le conte merveilleux est un récit mettant en scène des histoires imaginaires et des personnages féériques. Les héros, porteurs d'une quête, y sont confrontés à différentes péripéties avant de parvenir à l'accomplissement de leur bonheur. Ils sont souvent contrés dans leur parcours par des opposants – les figures de « méchants » – et secondés par des adjuvants.

### Une structure traditionnelle (schéma narratif)

La construction des *Contes à l'envers* correspond le plus souvent à celle des contes de fées classiques, dont le déroulement du récit est structuré par cinq éléments. C'est notamment le cas de « La Belle Histoire de Blanche-Neige », qui nous servira ici d'exemple :

**Situation initiale :** c'est le début de l'histoire, le moment où on plante le décor et où on présente les personnages ; la situation est équilibrée, c'est-à-dire qu'elle n'a aucune raison d'évoluer.

- Dans « La Belle Histoire de Blanche-Neige », tout va pour le mieux dans ce pays merveilleux présidé par « une femme remarquable [...] douée d'une prodigieuse intelligence et d'une personnalité supérieure » (p. 9-10). Même Blanche-Neige, pourtant « connue comme le loup blanc, tant elle différait des autres femmes » (p. 13), y vit tranquillement.

**Élément perturbateur :** c'est un évènement qui vient perturber la situation initiale et qui va déclencher l'action proprement dite.

- La Présidente apprend l'existence de Blanche-Neige par des sondages lui indiquant que cette dernière est plus intelligente qu'elle. Furieuse, elle ordonne à M. Lecoeur d'exécuter sa rivale.

**Péripéties :** ce sont les évènements provoqués par l'élément perturbateur et qui entrainent la ou les actions entreprises par le héros pour résoudre le problème.

- M. Lecoeur, ne pouvant se résoudre à tuer Blanche-Neige, lui permet de s'enfuir. La jeune femme devient alors la chef du groupe d'hommes qui s'oppose à la dictature des femmes. La Présidente, apprenant que sa rivale est en vie, empoisonne Blanche-Neige avec une pomme qui plonge cette dernière dans un profond sommeil. Ses acolytes déclenchent une guerre à laquelle se joignent tous les hommes de la République.

**Dénouement :** il met un terme aux péripéties et conduit à la situation finale.

- Blanche-Neige est sauvée par le baiser d'un jeune homme ; ses amis remportent la guerre, et la Présidente est obligée de quitter le pays.

**Situation finale :** c'est la fin de l'histoire. La situation est à nouveau stable, comme la situation initiale, mais elle a subi des transformations.

- Dans le pays de Blanche-Neige et de son mari, la paix et l'égalité règnent entre les deux sexes, car « les femmes sont restées très amoureuses de leurs maris, qui le leur rendent bien » (p. 22).

Au terme des contes classiques, le bonheur n'est pas toujours garanti. Par exemple, à la fin de « La Petite Sirène » (1837) d'Andersen, Ariel, après avoir vu l'homme qu'elle aime épouser une autre femme, se jette à la mer. Dans ce recueil, en revanche, la situation finale est toujours heureuse (même pour le Petit Chaperon bleu marine, dont le désir d'être célèbre est exaucé). L'amour et l'harmonie sont toujours vainqueurs ; le bien l'emporte sur le mal.

### L'espace et le temps

Dans les contes traditionnels, les récits ont lieu dans un temps et dans un espace indéterminés. L'action se situe dans un lieu imprécis – souvent un lointain royaume imaginaire – et en dehors de toute temporalité, débutant souvent par la formule « Il était une fois ». Le récit y est écrit au passé, alternant imparfait et passé simple.

Cette absence d'ancrage dans un contexte historique ou

géographique garantit l'universalité des contes, dont la morale reste alors valable en tout temps et en tous lieux.

Certains des *Contes à l'envers*, reprennent cette imprécision spatiotemporelle :

- « La Belle histoire de Blanche-Neige » s'ouvre sur la formule consacrée « Il était une fois » (p. 9) ;
- « Conte à rebours » est ancré « dans la bonne ville de Fransk, capitale de la Boursoulavie » (p. 83), un royaume imaginaire ;
- le cadre du « Pommier de Pomanchou » est lui aussi imaginaire, le conte débutant ainsi : « Il y avait un roi qui régnait sur un pays pauvre, pluvieux, brumeux, boueux, spongieux. » (p. 105)

## Le merveilleux

Les contes de Dumas et Moissard sont, conformément aux exigences du genre, empreints de surnaturel, de magie et de féérie :

- le loup du « Petit Chaperon bleu marine » est humanisé, disposant d'une capacité de réflexion et d'une conscience développées. Il devient même le conteur de sa meute ;
- la fée Mirobola parvient à faire sortir des pièces de monnaie, puis des cigarettes, de la bouche et des yeux de Jean-François ;
- « Le Pommier de Pomanchou » présente des métamorphoses : celle des pommes (rapportées par les deux premiers frères) en crapauds et serpents, mais surtout celle de leur jeune frère qui, « affligé, le pauvre, d'une

physionomie plutôt ingrate » (p. 111), se transforme
au terme du conte en un homme « d'une beauté prodigieuse » (p. 133) ;
* les princes charmants sont capables de mettre fin aux
sortilèges en délivrant à leur belle un simple baiser :
« Il l'embrassa sur le front. Alors, comme on pouvait s'y
attendre, Blanche-Neige revint à elle. » (p. 22)

## DES CONTES « À L'ENVERS »

Comme l'indique le titre du recueil, ces histoires sont écrites
« à l'envers » : en d'autres termes, les auteurs jouent avec
les codes du conte traditionnel ; ils les bouleversent pour
amuser et surprendre le lecteur, ainsi que pour ancrer leurs
histoires dans un univers contemporain plus familier aux
lecteurs d'aujourd'hui, qui peuvent ainsi s'identifier davantage aux personnages.

### Le travestissement des références

Le jeu référentiel contenu dans les *Contes à l'envers* constitue
une des particularités du recueil. Des contes traditionnels
bien connus y sont revisités, travestis, dans une nouvelle
version :

* « La Belle Histoire de Blanche-Neige » est ainsi une
version moderne du célèbre conte des frères Grimm
(1812), revisité sous l'angle d'une guerre des sexes. Dans
ce conte aux accents féministes, les femmes ne sont plus
exclusivement valorisées par leur beauté : contrairement
à la marâtre du conte original, qui s'inquiète uniquement
de son apparence, c'est bien de la supériorité de son intel-

ligence que la Présidente veut s'assurer en interrogeant les sondages. Par ailleurs, cette version revisitée du conte dépasse le simple récit des aventures de Blanche-Neige pour acquérir une dimension sociale et mettre en scène la révolution des hommes, qui aboutit à la reconnaissance de l'égalité entre les sexes ;

- « La Belle au doigt bruyant » est une version moderne et « inversée » de « La Belle au bois dormant » de Charles Perrault (1697) et des frères Grimm (1812), en ce sens que l'héroïne n'y est plus plongée dans un profond sommeil, mais animée par une agitation incontrôlable ;

- le Petit Chaperon bleu marine prend la relève de son ancêtre, le Petit Chaperon rouge, autre personnage de Perrault (1697) et des frères Grimm (1812). Mais l'inno-cente et candide enfant vêtue de rouge qui prenait soin de sa grand-mère a cédé la place à une jeune fille avide de célébrité. C'est elle qui va au-devant du loup, quant à lui transposé en un animal pacifiste, en quête de liberté ;

- « Le Pommier de Pomanchou » est une reprise du conte populaire « Les Trois Oranges », dans lequel une princesse doit être guérie par trois oranges magiques. Le conte reprend également des éléments du conte « Les Fées » (1697) de Charles Perrault : une vieille dame pauvre, qui est en réalité une fée – comme l'ivrognesse de Dumas et Moissard –, demande consécutivement à deux sœurs de lui donner de l'eau. La plus jeune, bonne et charitable, lui apporte son aide et se voit récompensée, comme l'est aussi le troisième frère du conte de ce recueil ; l'ainée, quant à elle, la lui refuse et se voit condamnée à cracher crapauds et serpents à chacune de ses prises de parole. Son sort rappelle celui des deux frères ainés du

« Pommier de Pomanchou », qui, après avoir éconduit la vieille fée, voient leurs pommes se transformer en serpents et en crapauds dans le palais du roi.

## Un ancrage réaliste

Si les repères spatiotemporels des contes de Dumas et Moissard sont parfois flous, comme dans les contes merveilleux traditionnels, certaines de leurs histoires se démarquent des caractéristiques du genre par le contexte géographique et social dans lequel ils s'inscrivent. De fait, les auteurs mêlent à loisir imaginaire et réalisme, créant un contraste moderne dans leur narration.

Alors que les contes classiques sont atemporels et se déroulent dans des lieux indéterminés, les *Contes à l'envers* sont des histoires contemporaines, dont certaines sont explicitement situées dans telle ou telle ville de France : le récit de « La Belle au doigt bruyant » prend place à Rouen et à Barentin, tandis que celui du « Petit Chaperon bleu marine » se déroule à Paris, entre le 13ᵉ arrondissement, lieu de résidence du Petit Chaperon rouge, et le jardin des Plantes, où vit le loup. Ces indices géographiques précis permettent aux jeunes lecteurs de s'identifier aux personnages des récits qui se déroulent dans un monde qu'ils connaissent.

En outre, ces histoires sont parfois ancrées dans un contexte social cru et misérabiliste, qui n'a plus grand-chose de féérique. Ainsi comprend-on par exemple que Mᵐᵉ Mirobola, la fée qui porte secours à Jean-François, maltraité par son oncle, est en réalité une prostituée qui, « quand vient le soir [...] se met du rouge aux joues, [...] enfile son manteau de lapin [...] et marche inlassablement autour du pâté de maisons » (p. 47). De la même façon, « Le Pommier de Pomanchou » offre aux auteurs l'occasion d'évoquer l'alcoolisme : la fée qui aide le plus jeune frère apparait ainsi sous les traits d'une « ivrognesse » (p. 116).

Toutefois, la dureté de cette réalité sociale est mise à distance par le ton léger, l'humour et l'imaginaire déployés dans le recueil, témoins d'une volonté de s'adresser à un lectorat avisé, tout en prenant ses distances avec un discours moralisateur qui porterait encore sur le vice et la vertu.

## L'abandon du manichéisme

Car contrairement aux contes traditionnels, les *Contes à l'envers* ne reposent pas sur un manichéisme absolu, c'est-à-dire qu'ils ne divisent pas systématiquement le monde en deux, qu'ils ne distinguent pas automatiquement les bons et les méchants.

Par exemple, le Petit Chaperon bleu marine, sans être une enfant méchante, est loin d'être l'innocente petite fille qu'a été sa grand-mère. De la même façon, le loup qu'elle rencontre n'a rien du grand méchant loup qu'a été son aïeul : sans malice, il n'aspire qu'au bonheur de la vie sauvage.

« Le Don de la fée Mirobola » est encore particulièrement révélateur de ce refus du manichéisme caractéristique du recueil. En effet, Dumas et Moissard offrent au méchant de l'histoire – M. Crocheux – la rédemption. Ainsi, cet « homme terrible » (p. 45), cet « oncle dénaturé » (p. 46) qui frappe son neveu et l'enferme dans une malle, connait-il une « extraordinaire transformation » (p. 64) à la fin du récit et change « du tout au tout. [Il devient] réellement [...] un boute-en-train [...] et un homme charmant » (*ibid.*).

## DES MORALES CONTEMPORAINES

*Les Contes à l'envers*, s'ils revisitent des contes traditionnels qui vivent dans la mémoire collective depuis plusieurs siècles, délivrent des messages très contemporains.

### Le féminisme

« La Belle Histoire de Blanche-Neige » présente une société marquée par la domination des femmes :

- ce sont elles qui détiennent le pouvoir politique, symbolisé par le personnage de la Présidente ;
- ce sont elles qui détiennent le pouvoir économique. Ainsi le « bon à tout faire » (p. 11) du palais est-il sous-payé pour son travail, tandis que son épouse, « directrice d'une chaine de grands magasins » (*ibid.*), assure les revenus du foyer ;
- les hommes sont bien souvent cantonnés aux tâches domestiques, esclaves du « balai-brosse et [de la] serpillère » (p. 21).

Ce procédé d'inversion permet en fait aux auteurs de dénoncer la domination masculine de notre société. Toutefois, le conte défend moins l'idée d'un renversement des rapports de force, que celle d'une restauration de l'harmonie entre les hommes et les femmes. Blanche-Neige, femme sensée et intelligente, ne renvoie pas les hommes à « leur infériorité » (p. 13) ; au contraire, elle va permettre de rééquilibrer la société en mettant fin à cette « dictature des femmes » (p. 19). L'issue du conte est heureuse : l'égalité des sexes est rétablie.

## La démocratie

Dumas et Moissard défendent aussi la démocratie dans plusieurs de leurs histoires, en mettant en scène des dirigeants abusifs et totalitaires, dont ils dénoncent les dérives et les travers :

- la Présidente (« La Belle Histoire de Blanche-Neige ») opprime les citoyens de son pays (en particulier les hommes) et les fait exécuter sans scrupules (ainsi meurt le brave M. Lecoeur) ;
- le roi Livarot IX (« Conte à rebours ») impose à ses sujets l'absurde obligation de marcher à reculons et multiplie les pendaisons pour punir tous ceux qui sont surpris à marcher à l'endroit ;
- le roi du « Pommier de Pomanchou » inflige aux deux frères des tortures abominables : le premier frère a les ongles arrachés, des scorpions glissés sous sa chemise, avant d'être « écorch[é] de pied en cap, [...] empal[é] sur un fer rouge [...] et écartel[é] » (p. 115) ;
- dans « Le Petit Chaperon bleu marine ». Le conte s'achève en effet sur la formule « certains hommes sont plus dangereux que des loups » (p. 41), et ces mots sont accompagnés d'un dessin d'Adolf Hitler (homme d'État, idéologue et dictateur allemand, 1889-1945) qui les explicite en nous rappelant la part sombre de l'humanité, ainsi que les dangers du totalitarisme.

## La maltraitance des enfants

Jean-François, dans « Le Don de la fée Mirobola », devient un symbole de l'enfance maltraitée. Battu par son oncle, le malheureux enfant reçoit des « coups de pieds et de[s] coups de poings sous tous les angles » (p. 53). M. Crocheux n'hésite pas à le frapper de plus belle lorsqu'il s'aperçoit que les larmes de son neveu se transforment en monnaie. Et c'est seulement parce que Jean-François s'ouvre de son triste sort à M<sup>me</sup> Mirobola, sa voisine, qu'il est sauvé de cette violence.

On peut donc lire à travers cette histoire une dénonciation de la maltraitance des enfants et une incitation, pour les enfants concernés, à parler de leur situation à leur entourage.

# DES HISTOIRES POUR TOUS

## Des contes destinés à la jeunesse

Dans les *Contes à l'envers*, le ton léger et le style accessible contribuent à faire un recueil ludique et divertissant, dont les enfants peuvent s'emparer facilement.

L'intertexte (l'ensemble des textes mis en relation au sein du recueil par le biais des citations et autres allusions) est lisible pour la jeunesse, qui connait bien le genre du conte et en particulier les célèbres histoires – principalement celles de Perrault et des Grimm – revisitées par les auteurs.

L'humour de Dumas et Moissard est à bien des égards accessible aux enfants. Ainsi peuvent-ils par exemple apprécier les jeux de mots qui fourmillent dans le recueil : Blanche-

Neige, nous dit-on, « est connue comme le loup blanc » (p. 13) ; le roi et la reine du « Conte à rebours », personnages drôlement ridicules, s'appellent respectivement « le roi Livarot [du nom d'un fromage français de Normandie] et la reine Aubergine » (p. 86), tandis que leur petit-fils criard sera baptisé « Vociféro » (p. 100).

En outre, les nombreuses illustrations qui soutiennent le texte renforcent la dimension ludique du recueil. Philippe Dumas y représente, souvent de façon humoristique, des scènes ou des personnages qui donnent vie au texte.

Enfin, les contes dispensent des messages dirigés vers la jeunesse. Ainsi, « Le Don de la fée Mirobola » les sensibilise à la maltraitance des enfants ou aux dangers du tabac (M. Crocheux, ayant abusé des cigarettes, tombe « extrê-mement malade, attendu que le tabac, on ne le répètera jamais assez, c'est nocif », p. 60).

## Des contes appréciables par les adultes

Mais l'humour déployé par Dumas et Moissard est aussi riche et complexe. L'ironie et les doubles sens sont autant d'éléments destinés à des lecteurs plus avertis, adultes.

La description de la fée Mirobola est particulièrement représentative de ce procédé : elle permet en effet une double lecture. Si les adultes comprennent immédiatement que M$^{me}$ Mirobola est une prostituée, ils sont également complices des auteurs qui la décrivent avec une ironie qui échappera sans doute aux enfants. Ainsi lit-on par exemple que M$^{me}$ Mirobola ne sort qu'à la tombée du jour, et qu'elle fait les 100 pas dans le quartier « jusqu'à une heure avancée de la nuit, car les fées ont besoin de prendre l'air, il en a toujours été ainsi » (p. 47).

Les *Contes à l'envers* sont donc destinés à la jeunesse, mais aussi aux adultes. Petits et grands sont divertis par ces histoires au jeu référentiel riche et complexe, et séduits par des procédés humoristiques foisonnants et divers. Riches, drôles et originaux, les *Contes à l'envers* convoquent des sujets modernes et contemporains, propres à toucher des lecteurs de toutes les générations.

# PISTES DE RÉFLEXION

## QUELQUES QUESTIONS POUR APPROFONDIR SA RÉFLEXION...

- Comment définiriez-vous le conte merveilleux ? Quelles sont les principales caractéristiques de ce genre ?
- Comment expliquez-vous le titre du recueil, *Contes à l'envers* ?
- En quoi réside la contemporanéité de ces contes ?
- Établissez quelques points communs entre les fils narratifs des différentes histoires de ce volume. Comparez aussi leurs structures en vous appuyant sur l'étude des schémas narratifs.
- Dans quelle mesure l'identification du lecteur à l'un ou l'autre des personnages de ce volume est-elle facilitée ?
- Quelles sont les morales portées par les *Contes à l'envers* ? Comparez-les à celles des contes traditionnels.
- Déterminez la fonction des illustrations de Philippe Dumas dans le recueil.
- Étudiez la dimension humoristique du recueil.
- Étudiez et analysez l'intertextualité du recueil. Quelles sont par exemple les différences entre les contes de Dumas et Moissard et ceux de Charles Perrault ou des frères Grimm ?
- Essayez de réécrire un conte classique, à la manière de Dumas et Moissard.

Votre avis nous intéresse !
Laissez un commentaire sur le site de votre librairie en ligne
et partagez vos coups de cœur sur les réseaux sociaux !

# POUR ALLER PLUS LOIN

## ÉDITION DE RÉFÉRENCE


- Dumas P. et Moissard B., *Contes à l'envers*, Paris, L'école des loisirs, coll. « Neuf », 2009.


## ÉTUDES DE RÉFÉRENCE


- Bettelheim B., *Psychanalyse des contes de fées*, Paris, Robert Laffont, 1992.
- Grimm J. et W., « Blanche-Neige », « La Belle au bois dormant », « Le Petit Chaperon rouge », in *Les Contes de Grimm*, Paris, Auzou, 2011.
- Hindenoch M., *Les Trois Oranges et autres contes*, Paris, Syros, 2000.
- Perrault C., « La Belle au bois dormant », « Le Petit Chaperon rouge », « Les Fées », in *Contes*, Paris, Librairie générale française, 2006.
- Propp V., *Morphologie du conte*, Paris, Seuil, 1970.


## SUR LEPETITLITTÉRAIRE.FR


- Fiche de lecture sur les *Contes* de Jacob et Wilhelm Grimm.
- Fiche de lecture sur les *Contes* de Charles Perrault.

# Retrouvez notre offre complète sur lePetitLittéraire.fr

- des fiches de lectures
- des commentaires littéraires
- des questionnaires de lecture
- des résumés

---

**DUMAS**
• Les Trois
  Mousquetaires

**ÉNARD**
• Parlez-leur
  de batailles,
  de rois et
  d'éléphants

**FERRARI**
• Le Sermon sur la
  chute de Rome

**FLAUBERT**
• Madame Bovary

**FRANK**
• Journal
  d'Anne Frank

**FRED VARGAS**
• Pars vite et
  reviens tard

**GARY**
• La Vie devant soi

**GAUDÉ**
• La Mort du
  roi Tsongor
• Le Soleil des
  Scorta

**GAUTIER**
• La Morte
  amoureuse
• Le Capitaine
  Fracasse

**GAVALDA**
• 35 kilos d'espoir

**GIDE**
• Les
  Faux-Monnayeurs

**GIONO**
• Le Grand
  Troupeau
• Le Hussard
  sur le toit

**GIRAUDOUX**
• La guerre de
  Troie
  n'aura pas lieu

**GOLDING**
• Sa Majesté des
  Mouches

**GRIMBERT**
• Un secret

**HEMINGWAY**
• Le Vieil Homme
  et la Mer

**HESSEL**
• Indignez-vous !

**HOMÈRE**
• L'Odyssée

**HUGO**
• Le Dernier Jour
  d'un condamné
• Les Misérables
• Notre-Dame
  de Paris

**HUXLEY**
• Le Meilleur
  des mondes

**IONESCO**
• Rhinocéros
• La Cantatrice
  chauve

**JARY**
• Ubu roi

**JENNI**
• L'Art français
  de la guerre

**JOFFO**
• Un sac de billes

**KAFKA**
• La Métamorphose

**KEROUAC**
• Sur la route

**KESSEL**
• Le Lion

**LARSSON**
• Millenium 1. Les
  hommes qui
  n'aimaient pas
  les femmes

**LE CLÉZIO**
• Mondo

**LEVI**
• Si c'est un
  homme

**LEVY**
• Et si c'était vrai…

**MAALOUF**
• Léon l'Africain

**MALRAUX**
- La Condition humaine

**MARIVAUX**
- La Double Inconstance
- Le Jeu de l'amour et du hasard

**MARTINEZ**
- Du domaine des murmures

**MAUPASSANT**
- Boule de suif
- Le Horla
- Une vie

**MAURIAC**
- Le Nœud de vipères

**MAURIAC**
- Le Sagouin

**MÉRIMÉE**
- Tamango
- Colomba

**MERLE**
- La mort est mon métier

**MOLIÈRE**
- Le Misanthrope
- L'Avare
- Le Bourgeois gentilhomme

**MONTAIGNE**
- Essais

**MORPURGO**
- Le Roi Arthur

**MUSSET**
- Lorenzaccio

**MUSSO**
- Que serais-je sans toi ?

**NOTHOMB**
- Stupeur et Tremblements

**ORWELL**
- La Ferme des animaux
- 1984

**PAGNOL**
- La Gloire de mon père

**PANCOL**
- Les Yeux jaunes des crocodiles

**PASCAL**
- Pensées

**PENNAC**
- Au bonheur des ogres

**POE**
- La Chute de la maison Usher

**PROUST**
- Du côté de chez Swann

**QUENEAU**
- Zazie dans le métro

**QUIGNARD**
- Tous les matins du monde

**RABELAIS**
- Gargantua

**RACINE**
- Andromaque
- Britannicus
- Phèdre

**ROUSSEAU**
- Confessions

**ROSTAND**
- Cyrano de Bergerac

**ROWLING**
- Harry Potter à l'école des sorciers

**SAINT-EXUPÉRY**
- Le Petit Prince
- Vol de nuit

**SARTRE**
- Huis clos
- La Nausée
- Les Mouches

**SCHLINK**
- Le Liseur

## SCHMITT
- La Part de l'autre
- Oscar et la Dame rose

## SEPULVEDA
- Le Vieux qui lisait des romans d'amour

## SHAKESPEARE
- Roméo et Juliette

## SIMENON
- Le Chien jaune

## STEEMAN
- L'Assassin habite au 21

## STEINBECK
- Des souris et des hommes

## STENDHAL
- Le Rouge et le Noir

## STEVENSON
- L'Île au trésor

## SÜSKIND
- Le Parfum

## TOLSTOÏ
- Anna Karénine

## TOURNIER
- Vendredi ou la Vie sauvage

## TOUSSAINT
- Fuir

## UHLMAN
- L'Ami retrouvé

## VERNE
- Le Tour du monde en 80 jours
- Vingt mille lieues sous les mers
- Voyage au centre de la terre

## VIAN
- L'Écume des jours

## VOLTAIRE
- Candide

## WELLS
- La Guerre des mondes

## YOURCENAR
- Mémoires d'Hadrien

## ZOLA
- Au bonheur des dames
- L'Assommoir
- Germinal

## ZWEIG
- Le Joueur d'échecs

www.lepetitlitteraire.fr

ISBN version numérique : 978-2-8062-6452-7
ISBN version papier : 978-2-8062-6453-4
Dépôt légal : D/2017/12603/682

Avec la collaboration de Margot Pépin pour le résumé de « La Belle Histoire de Blanche-Neige », l'étude des héroïnes, des héros et des fées, ainsi que pour les chapitres « Une structure traditionnelle (schéma narratif) », « Le merveilleux », « Des contes "à l'envers" », « Des morales contemporaines » et « Des histoires pour tous ».

Conception numérique : Primento,
le partenaire numérique des éditeurs.

Ce titre a été réalisé avec le soutien de la Fédération Wallonie-Bruxelles, Service général des Lettres et du Livre.